晩香玉《わんしゃんゆい》

宇治谷　孟

序

ある夏の夕方、一人の青年が訪問して来て、僕に一篇の作品を示し、読んでほしいという。ずっと異国にあって、このごろようやく復員したのだという。

北支や満州は、自分も幾度か行ったところであり、そこでどんな労苦を体験してきたのかと、大陸に対するなつかしさも手伝って、つい読みだすと一気に読んでしまった。こんなことは自分には珍しい。たのまれてもそのままになっていることが多い。どんな風の吹き回しか、すぐ読んでしまって面白かったと思った。作品としてみれば、格別えぐったところのあるものではないが、表題の示すように、花の匂いのような甘美なものが感じられて、これが一篇を美しいものにまとめている。花の匂いというものを、実によく作品の中に生かして使っている。僕自身も、この花にはまた思い出がある。出版社の方では、是非僕の序文をつけて出してみたい希望を持っているのだという。格別この程度のことを書いてみても、何の役にも立つわけではないが、作者の素直な資質と、作品のナイーヴな美しさに感動したので筆をとった。

ただ、出版ということが、若い作者にとって、いいことか悪いことかということは一口には言えない。僕はこの本の出ることが、この作者である宇治谷君にとって安易の原因とならず、いい努力の刺激となることを、心から祈って止まない。

中河與一

昭和二十二年九月七日

宵闇部屋に忍び寄り
晩香玉《わんしゃんゆい》（日本では通称〝夜来香〟と呼ばれている）の香に立てば
愛しきひとの幻に
恥じらいながら小姐《しゃおちぇ》は
そっと手をやる
おくれ髪

一

あるいは奇矯な言葉とおとりになるかも知れませんが〝思い出〟というものにはみんな秘められた匂いが蔵せられているように、私には思われるのです。そしてその匂いは筐《はこ》の底に深く収められたもののように、そっとしまい込まれていて、たまたま嗅覚を刺激した外部の匂いが、内蔵されていた匂いの共鳴を喚ぶものであると、ジーンと体の芯にまでしみわたっていって、その匂いにまつわってわだかまってっていた思い出のあれこれが、物悲しいまでにまざまざと蘇ってくるのです。

このような現象は、あながち私だけのものではないかも知れません。ひと頃盛んに歌われていて、もうすたれてしまった流行歌などが、ふと古いレコードなどに乗って流れてきた時、打たれたようにしんみりとなって、その頃のことに思い耽けるといったことは、誰にでもあることのようですから。

私がこれからお話しようとする思い出は、故国を離れてしばらく大陸に在った頃のことで、それまで海の外のことを知らなかった私に、異郷の物珍かな、風物の印象と共にからみ合ってしみこみ、私の心の底深く匂って、生命を保っている夢のような憂愁です。

北部のPという市は、一名〝緑の都〟という名で呼ばれるほど、その地方には珍しい樹木の多い土地で、しかもその樹木の殆ど大部分というものが、街路樹のアカシアから成り立っていました。街行く人々の装いの下が、しっとりと汗ばみ始める頃になると、それらの樹々は、一面にうす黄いろい小さな花をつけ始め、花をつけたかと思っていると、間もなく一斉に舗道の上に散りしいていきます。

街に散歩に出た時、私は、一体これはどの位の厚さに積もっているものか、一度測ってみようと思ったほど、それほどに夥しいのです。この頃になると通り全体が、いやその市に住まっている人々のすべてが、甘い匂いに酔ったように包み込まれてしまいます。

私は豪華な花の絨毯の上を彷徨し、その甘ったるい匂いに身を浸しながら、ある一人の女の人を思い続けるようになりました。

一年余りの奥地での生活は、気がついた時には、もうひどく私の体を痛めつけておりました。無理を過ごして再発させるようなことがあってはいけないと、一度厄介な病気をやったことのある自分の体に、一応の摂生法は厳格に守っておりましたが、残念ながら失敗したようでありました。

ある調査研究に従事するために、そんな奥地にこもって生活する必要があったのでしたが、右を向いても左を向いても異国人ばかりの中に在って、多少通訳の用足しの出来るただ一人の少年を使って、こつこつと研究のいとなみを続けておりました。

私は生活の簡易化という立場からと、研究上土地の風俗に早く馴染みたかったために、極力内地での習慣を捨て、すべて土地の生活に即するよう、食物なども極めて簡素にしておりました。しかし気持ちの上ではこれが一応行われても、体の方がついていけなかったのでしょう。次第に疲労の累積されていくのが自覚されました。

軽い冗談口をきいて、人をおかしがらせたりしながら、仕事を続けるのを常としていた私に、言語の不自由のため、そんなことの全く不能な状態であったのも、かなりの苦痛であったことを覚えております。

土地には医療の機関がなくて、療養の見込みがなかったので、当分病気静養の手続きをとって、僅かばかりの荷物をまとめると、親しい友人の勤めている、海岸の都会のC市を指して旅立って行きました。永い冬の間、凍《い》てついていた地表もややゆるんで、ようやく土埃が舞い始める頃でありました。やたらに岩石ばかりのごろごろした奥地の山あいから、何日もの間、乗物に揺られて出てきて、ある夕暮れ、ともしびの明滅する都会の相貌を、汽車の窓に捕えた時、大人げない感傷の涙の催してくるのを、止め得ないのでありました。

汽車がようやく停車場に近づこうとする頃から、いずくともなくもうもうたるガスが襲来してきて、一望霧の中に包み込まれてしまいました。

その粒が非常に疎大なために、殆ど小雨の降るような感じさえするのでしたが、一年中雨も何もない、カラカラの大陸性気候の中に棲息していた私は、珍しく海洋性の気象が嬉しくて、蘇るように息づきながら、駅から夜の町へ降りて行きました。

西洋風の建物の赤い屋根、その屋根越しにきらきらと輝く海の青。

C市は外人によって設計され建設された、南欧風の趣のある都市でした。

そこに往き来する若い人々の嬉々とした表情——同じひとつの国の人でも、その土地によって、こんなにまで違うものであろうかと、今まで自分のいた地方の人々の、質朴ではあるが何か暗い色を、絶えず漂わせていたことを思い返すのでありました。

地球の表面を隈なく覆い尽くしてしまったかのような、世界的な動乱も、ようやく末期的な兆候を呈し始め、人々はいよいよ何か大きな変動がやって来そうなことを感じながらも、その市ではまだまだゆとりのようなものが見られておりました。市の大街には、さまざまの美しげなるもの、愉しげなるものが溢れていて、人々は何か刹那的な感覚に溺れているようにも眺められました。

午後、オフィス街の退け時あたりになると、あちらのビルからも、こちらの事務所からも、ピチピチとした女の子達が跳ね出してきて、ヒラヒラヒラヒラと風に舞っていくようでありました。

空気の肌合いの急変に、異常なショックを受けて、呆然としている自分を見出した時、〝還俗《げんぞく》した仙人〟とでも評せられそうな、一個の人間に苦笑させられるのでした。今までずっと隔離された環境にあって、私の体の隅っこの方に押しやられてしまっていたあるものが、にわかに解放を求めてひしめき合っているのも感じられました。

私の体をコツコツ叩いてみたり、ひっくり返してみたりして、しばらく眺めていた医師は、約六カ月間の安静療養を適当と認める旨の診断を与えました。療養に時日を要することが確定したので、ひとまず旅装を解いていた旅館から引越して、友人のOの家に同居させてもらうことになりました。

Oはまだ若かった細君に先頃死なれて、当分結婚する気がしないからといって、その後気ままな独り暮らしをしている身分でした。

私達は外で食事を済ませてきたり、時々思い出したように、自分達で炊事をやってみたりなどしました。

たまには奮発して刺身を料理したり、数寄焼鍋を持ち出して、気分を出してみたりすることもありました。

「小生を頼ってはるばる来てくれた人の前で、失礼に当たるかも知れないが」

食卓に向かい合った時、Oは言いました。

「この訪問者がもし異性だったら、小生の面目これに過ぐるものはなし、というところなんだがなあ」

互いに思いがけない目先の変わったご馳走が飛び出してきて、愉快がらせられたり、さてこの次はどんな趣向にしたものかなと、そんなことに幾分の興味をさえ抱いたりしておりました。しかしそんなことより何より、私にとって悦ばしかったのは、お互いに話が通じ合うということでありました。Oは自ら文学に殉ずる者を以て任じているほどでありましたので、私も負けずに勝手な気炎を上げました。そんなことで内面生活がようやく軌道に乗ってきたように思われ、次第に精気を回復しつつある自分を見出しました。

ある朝、私どもの住まいに、佩剣をがちゃつかせた一人の闖入者が現われました。領事館警察の制服を着けたその人は、Oに対して、本人であるかどうかを念を押した後、一通の紙片を手渡していきました。覗いてみるとそれは召集令状でありました。

在留邦人の召集がだんだんに激しくなってきて、男達はみんな一様に順番を待つような気になっている時でありましたが、Oの顔にはやはり多少ふためいた色のかすめるのを、見逃すわけにはいきませんでした。

「君、令状といえば赤紙と決まっているのに、この紙は白いんだよ――こりゃ普通の召集とは少し違うんじゃないかな――早く帰してもらえるとか何とか――」

紙を片手にちょっとおどけた格好で考えこんでみるOでしたが、その頃町ではもう赤い紙が間に合わなくなって、白紙が使われるようになった、と云う噂が流れておりました。

指定の日時までには、さして余裕がないのでともかくと、Oは古道具屋を呼んできて世帯道具一切を処分してしまいました。

私はまだ健康を回復し切らぬままに、Oの後を借り受けて、この市でしばらく療養を続けようと思っておりましたが、Oの入隊地がP市になっていて「同じ住むなら都のPの方がいいじゃないか、何かにつけてここよりは便利に違いない」としきりに勧めるので、私も一緒にP市へ移ることに決めてしまいました。

ベルが鳴り渡って、見送りの人々との、駅頭におけるあわただしい別れ、もう動いている汽車の窓から体をのめり出して、しばらく手を振り続けて、やっと席に戻って二人に返った時、私は大変な失策をしでかしたことに気がつきました。

今日の幕はOが主役なので、私はワキへ回って、すっかり面倒を見てやるように心掛けていたのでした。積み落としのないよう、また人混みに紛れて盗られることなどのないようにと、彼の数個の荷物にすっかりかかずらっていた私は、見送りの一人が提げていてくれた自分のトランクが積み込まれていないことに気がついたのでした。

Oに聞くと元より知らないという返事。これはとんだことになってしまった。あのトランクには、所持金の大部分と、重要書類が入っている。インフレでだんだんかさばってきてしようのなかった札束を、そちらの方に入れておいたもの。書類といっては、先ず兵役関係のもの。金は何とか融通がつくとしても、書類の方は紛失でもしたとなると、その始末の煩わしさに、ひどく憂鬱に思いやられるものがあるのでした。

早速係員に連絡しようと、車掌を探してみましたが、おきまりの大混雑、たやすく行き合うべくもありませんでした。次の駅に停車を待って引き返すことと致しました。

Oにはこちらにはかまわず、一応そのまま行ってもらうこととし、列車が停まりきるのを待つのももどかしく、駅の外にとまろび出ると、車を雇って走らせることにしました。

速度をしきりに促しましたが、もどかしいばかりののろさ。気が気でなくなった私は、車夫に呼びかけて、手まね口まねで事情を了解させると、自分は車を降り、先に立ってどんどん駆け出しました。時々後を振り返って、荷物を持った車が間違いなくついてくるかどうかを確かめながら。

十中八九、先ず駄目であろうと察せられたトランクは、無事構内の一隅に置き忘れられたまま、全く奇跡的に再び私の手に取られました。後になって考えてみると、車夫を尻目にして駆け出すあたり、まことに我ながら滑稽という他のない図でありました。

私のこんな不注意の出来事のため、二人は遂にはぐらかされてしまって、別々に都入りを致しました。

二

期限の切迫しているOを束縛してはという気遣いから、先の打ち合わせのないままに別れてしまったのでしたが、P市には我々の仕事仲間の二人の女の人がいることになっていました。それでそちらに挨拶にでも立ち寄っているとすれば、連絡がつくかも知れないと考えて、到着の翌日、地図をたよりに、名簿で知った女の人の家を訪ねて行きました。

そこで案の定彼の動静が知れて、今一度立ち帰った時に、行をさかんにするもてなしをしたいと考えていることを知らされました。女の人達のとりもちで、Oの入隊の前夜、町のとある飯店の一室で、ささやかながらも門出を祈る集いを催しました。

そして○が隊に発って行ってしまうと、私はまた一人に戻りました。旅館に滞在しておったのでしたが、折柄物価の高騰はすさまじく、宿の宿泊料も鰻上りに上昇する始末で、いつ迄も逗留出来るわけではなし、住宅を探さなければなりませんでした。しかし非常な払底をきたしている時節だったので、容易なことでは見つかりませんでした。

商社などでは大抵社宅の設備があり、経済的にも有利なことが判っていたので、いっそそんな方面に転向しようかとも考えたりしました。けれども元々こちらの肚が、療養がてらぼつぼつ働こうというつもりですから、なかなか思わしいのはありませんでした。

その時分暇なままに、先頃会合した女の人達の所へ、外出のついでに覗いてみたりしていたのでしたが、思わず永く話し込んだりすることもありました。

仕事仲間といっても、都会地の勤務であったその人達は、いずれもしっかりした機関の中に、語学研究のある椅子をもっておりました。二人とも女専を出てまだ間もない年頃で、あのいわゆる嫌な外地風というものは全く見られませんでした。

女の一人は繁華街の裏の、あるアパートに住まっており、もう一人の方は古めかしい邸の中の、奥まった一棟に住んでおりました。それは古い大きな邸宅を邦人住宅向きに手入れしたもので、棟の数は五つ六つもあるようでした。

アパートの方は訪ねて行っても、不在がちのことが多く、滅多に会われませんでしたが、邸の方は門番がいて、出入りに多少煩わしいほかは、暇にあかせたお喋りには、お誂えむきのところでありました。

庭には向日葵が群り生え、太陽を求めて、どれも爪立ちしたように伸び上り、私の丈よりもずっと高いのでした。ひ弱く伸びきった茎はよろよろとしていて、よく倒れ重ったりしていたので私は、

「奥山のおどろの下を踏み分けて――」

などと古い文句をもてあそんだりしながら覗いて、笑わせたりしました。

庭はそんな有様で、また屋根には邸内のアカシアの大木が、嵐に枝を吹き折られて、葉の赤ちゃけた醜い遺骸を覆いかぶせてきておりました。

「お暇の折に一度取り払っていただいて、粗朶にでもしたいと思っているんですけれど」

そう言っていた女の人の言葉を思い出して、ある日私は屋根の上にのぼりました。内地のそれと違って、変にボロボロの脆い屋根瓦で、幾度か足を踏み込みそうになって困りました。ためらいためらい塀のところまで下ろしてきた時、異状に心悸が亢進してきて、私は急に不安な気持ちに襲われてまいりました。

枝木のために、上ってきた時の足場がさらわれていて、跳んで降りるより他なく見られました。平素ならば何でもない位の高さなのでしたが、この時はど

うも決断しかねました。私が躊躇しているのを見ると、女の人は、

「どうぞ私の肩に足をお置きになって」

と大事をとって、そこを足場に降りてくることを勧めました。しかしとてもそんなことの出来る気持ちではなかったので、とにかく手間どりながら、どうにかこうにかして下に降り立つと、暫く女の人の部屋で横にならせてもらいました。

女の人は大変すまながって、どう介抱したものか思い惑っているようでありました。

私は胸膜炎を患ったことがあったのでした。私がそんな病気をやった原因にも、またわざわざあんな奥地に潜って行ったことにも、私には私なりの理由があったのでした。

何がそんなきっかけになっていたのか、どうもよく判らないのですが、初め

っから軍隊における私の生活は、さっぱり調子が出ないのでした。中隊長に妙に睨まれていたのです。地方の商業学校を出ただけで、若くてそんな地位にあった彼は、何か片意地のところのあることは、兵隊達一般のうわさで、たまたま少々学校をよけいにやっている点で、私にやや異質的なもののあったのを、妙に敵視しているそぶりも窺われました。

軍隊のならわしで、兵隊の通信は一切、出入りに検閲を行われているのでしたが、ある時私のところにきた一通の手紙の中に、好ましくないものが窺われるというので、私を中隊長室に呼びつけて叱責を加え、しつこく種々の穿鑿を致しました。私は努めて坦懐に陳述したつもりでしたが、隠し立てでもしているかのようにとったらしく、一層感情を害したようでした。

発信者が過去において、地方の運動でちょっと名の知れた人物であったことから、変にこじれたのでありましたが、私のそうした傾向が、さしたる強固なものに根ざしているものではなかったことは、まるきり矛盾する王朝の貴族文学に、心を傾けていたことを挙げても明らかでありました。いってみればそうした陰翳も、若い知性の悩める遍歴の跡にすぎなかったのです。

しかし一度こんな睨まれ方をすると、そこの世界ではひどく不利なことは、私も充分承知していたので、何とかして心証をよくしようと、ひけらかすような懸命な努力を試みた期間もありました。だがいい加減で馬鹿らしくなって投げ出してしまいました。

そんな心理的な経緯が禍いしたものか、挽馬の砲兵隊であった私の部隊で、ある演習中、誤って馬から足を滑らし砲車にふれて、胸部に打撲をこうむりました。そこが具合悪く熱をもって意外にこじれ、一年近くごろごろしていると、思いがけない時期に除隊を命ぜられました。

その後間もなく部隊は動員下命して、戦友の誰彼はみんな南方の島嶼に送られて行きました。

私は半年ばかり静養しました、時ならず娑婆に戻ったものの、社会生活はあらゆる面に逼迫していて、戦争遂行に何かつながりを持たない限り、生存は不可能に近い状態でありました。

三度目の召集で出て征ったという人も、私の周りに珍しくありませんでした。わたしはすべてを圧し潰して、貪婪飽くことを知らぬ巨大な怪物の姿を見る思いがありました。

そんな頃ある知人を通じて、日語の普及のために、派遣さるべき要員の求められていることを知りました。

そうだ、そっちに行こう。もう永いこと私の体の中に、ぶすぶすとくすぶって、頭では処理できなくなっていたあるものを、体でもって解決を求めようと企てたのです。

緊張した接触の中に、身をさらして苦労してみれば、きっとそこから何か暗示を得ることが出来るに違いない。一途にそう思い込むと、なだめる両親を見流しにして、一行に加わって海を渡ってしまいました。

私は人々の警戒し危険視する、奥地地方をわざわざ選んで、単身入って行きました。

唯一の交通機関が驢馬のひっぱる馬車で、荷物と一緒に車に積まれると、埃をかむりながら、ガッタンゴットンとやって行くのでありました。

自分のやらねばならぬ責任の仕事もあったのですが、せっかちな性分の私はこれを片づけてからでなくてはとばかり、役目の方は二の次として、自分のための研究調査にのみ没頭しました。

結果からみれば、短兵急な無理押しの報復が、健康の障害となって表われ、遂に仕事を放擲して、止むなく転地療養という期間を持つに至ったというわけでありました。

私達の前にある日のこと、ひょっこりとOが姿を現わしました。服装はというと入隊前のそれなのです。語るところによれば、呼吸器系統に疾患のあることが判明して、召集が解除になったとのことでした。私達は喜んでやってよいのやら、悪いのやら判らない変な気持ちながら、帰還のために、また一夕を集まりました。

「今度は地位転倒で、あんたが僕の面倒を見る番だ」

Oはそんな軽口をきいておりましたが、どことなく気の抜けた素振りが見受けられました。

私はまだずるずると宿の厄介になっていたので、その晩からまた二人の生活が始められました。しかし蓄えに余裕のある私共ではなし、なんとかして早くきまりをつけなければならない事情の下にありました。女の人に頼んで、アパートに都合のつく部屋がないか、調べてもらいましたが、結局無駄に終わりました。

ほとほと困り果てている二人の状態を、見過ごすに忍びなかったものの如く邸の女の人は、

「ほんのしばらくのおしのぎ程度でしたら、私の家をお使いになっていただいてもよろしいんですけれど――」と言ってくれました。

「そりゃ助かる――君どうかね、お世話になろうじゃないか」

Oは大変乗気でした。けれども私は少からず躊躇しました。女の人の好意は判っても、そうしたことによって、女の人が蒙りやすい世間のとかくの噂といったものを、その人のために恐れる気持ちだったのです。

しかしそんな殊勝な心遣いを働かしてみても、さしあたって適当な解決策があるわけではありませんでした。何か重っ苦しいものを感じながらも、自分達

が二人連れであるところに責任が分担されて、軽減されるような気持ちも手伝い、ほんの数日のつもりでつい泊めてもらうことになってしまいました。

Oは庭の向日葵をながめて「おい君、ここを向日葵寮と名付けようじゃないか」とひどく愉しげでありました。

部屋数は三つばかりでしたが、元来が改造家屋なので、畳の入った間は一つしかなく、他は土間になっておりました。台を探して、寝台でも作ればいいから、というような考えだったのでしたが、さてとなるとなかなか面倒なことが判り、それまでにしなくってもいいじゃないかというようなことで、畳の方を共用することになりました。

女の人は客分扱いをしてくれるし、我々が続けてきた生活は、なんといっても不自由がちなものであったので、家庭的の雰囲気が何よりも嬉しく、少年のようにはしゃいだり、寝そべったり致しました。

我々は彼女について、あまり多く知っていなかったのでしたが、彼女は至って物静かな性質で、我々に対しても大仰なことをしたり、上ずった調子を見せないのに、少からず打たれました。

三人での初めての夕食が済むと、後片づけを済ませ、彼女は友達の所にちょっと用事が出来ましたからと言い、別に帰りを待たないでお休みになっていていただきたいと付け加えて外に出て行きました。

自分達があたかもこの家のあるじになったような空気に、何だかすまないようなものを感じて「我々は言わば庇を借りたんだから、母屋までとってしまってはいけないよ」などと二人でささやいたりしました。

ともかくいまは塒《ねぐら》を得ることが出来た。

その安堵の気持ちが大きくて、いつの間にか女の人が出しておいてくれた毛布に、これ幸いとくるまっている中に、まだ宵の口から、眠りに陥ってしまいました。

朝になって初めて、彼女が友達の家へ泊まりに行ったのであろうということに気がつき、二人は困った顔を見合わせました。

「よくおやすみになれまして?」

女の人はせいいた風に帰ってくると、いそいそと朝餉の支度を整えてくれました。

我々は前夜、二人とも窓っぷちの方にかたまって行儀よく眠っていたことを報告し、決して迷惑をかけないから、どうか平常通り傍若無人に振舞ってもらいたいと、こもごも懇請しました。

朝食後我々は、さも忙しそうに家を出ると、ひとしきりは早い歩調で歩くのでしたが、取り急いで就職の話でも進んでいるわけではありませんでした。

いい加減なところで、離れ離れになると、それから夕方までの時間が、持て余したものであることは、口には出さなくても互いに察し合っているのでした。

花がつき始めてきた舗道のほとりのアカシアは、梢がぼおっとうす明るくなっていました。

二人とも、仕事でありさえすれば、どんなことでもいいというような性質でなかったし、健康の関係上、激務は避けたい気があったので、心はあせってもなかなか口はありませんでした。

女の人はその生家が、京都のかなり古い由緒のあるお寺でありましたが、凝り性の文学好きが代々の病みつきで、彼女も学校では、英文学をやったといっておりました。短歌の先生のもとに通っていた頃の、師匠の短冊などを持ち出してきて見せることもあって、いろいろと話の花が咲きました。

思わず夜をふかした後に、我々はそそくさと寝支度をするのでしたが、彼女はというと、机のそばからなかなか離れてこないのが常でした。どうしたものかと気になるのでしたが、いち速くすやすやと鼾を立て始める〇につられて、いつとはなく、自分の意識もぼんやりとなっていくのでした。

「私しばらく昼間寝て、夜起きてることにしましたの」

彼女はそんな風に工夫しているらしく見えました。

「貴方がたが外においでになると後はぐぅぐぅ寝ておりますのよ」

でもそんな変則な生活が、体のためによくないことは明らかでした。

ある朝、ひどく気分がすぐれなさそうな顔色を見せました。そして歯痛のきびしいことを訴えました。

その日は、私が朝の支度を致しました。ふせっている女の人に、私共は無理に食事を勧めて、あの人が謝絶すると、枕がみにそっと取り揃えて置いて外に出て行きました。

夕方外から帰った時には、もう起きて平常のように動いているのを見てほっとしました。気持ちだけ張りつめてみても、体の方に無理のあるのはきっと破綻を来すことを、自分の体験上から痛感していたので、女の人にも、栄養と食事とには充分気をつけてもらいたく思いました。

一日、朝から珍しく雨の降りしきる日があって、みんな家の中に籠っていました。

Oは座敷の窓べりに横になって、顔の上に屋根を覆ったような格好で、歌集を広げておりました。私は応接間風の一段低い部屋で、真中のテーブルに寄っておりました。

女の人の書棚から借り出してきたある学会の機関誌の中に旧師の一論文が見られ、それが教室でのある時の教授を髣髴と思い出させて、大変に興味をひかれておりました。

女の人は書斎風にしつらわれた、窓際の机の傍に寄っておりましたが、やがてばたんと本を閉じる音がしました。

小さな文庫本の歎異抄が横に押しやられておりました。けれども私はさりげなく本つと机にうつ伏す女の人の姿が眼に入りました。女の人はうつ伏しになったまま、くぐみ声になのページを繰っておりました。

って云いました。

「歯がひどく痛んできて困りましたわ——肩がつまるといつも歯が痛くなって——」

「疲労のせいじゃないかな、何なら肩を叩きますよ、横柄な下宿人でお世話ばかりかけてるから」

「あんなことをおっしゃって——」

母の肩叩きをよくやらされたことを思い浮かべながら、うつ伏している女の人の背中をちらりと見流しました。

「ほんのちょっとだけ叩いていただこうかしら？」

女の人は困じ果てたもののようでありました。

「ええ、叩きますよ、賄いの方に効き目の表われるほど」

「まぁ――」

こんなに女の人を身近に感じてもいいのかしら。私は何か尤められるようなものを感じながら、とんとんとんと肩叩きを始めました。さすが母などとは違って柔らかい豊かな肩でした。こんな若い人が、肩を叩いてもらわなければならないなんて、私はうら悲しい気がしてきました。

白い項《うなじ》にほつれた縮れ髪が、軽快に躍り出しました。机の前の窓ガラスに、向日葵の広い葉っぱがよろめきかかってきて、葉末から大きな露の玉が、ぽたりぽたりと光りながらしたたっておりました。

三

Oと私とは、朝は揃って出かけるのでしたが、帰ってくるのは互いにまちまちで、早い日もあれば遅い日もありました。早く帰って日暮れまでに間のある時は、互いに何か仕事を見つけて手伝いをしました。

このあたりの土地では、燃料にみんな粉末の石炭を使用しておりました。粉炭と泥とを練り合せて固型にしたものを、炭火のようにおこすのでした。手を惜しまない家庭では、型に入れて煉炭に仕上げました。私はこの煉炭造りの仕事を見つけると、自分が一つの役割を果たしている存在に思われて、それをすることに大変に慰められるのでした。

手を真黒にして粉炭を練っていると、汗のにじむのもぬぐうことが出来なくて、ぽたぽたとしたたりました。「とんだ労働をさせて申し訳ありませんわ」女の人は、手拭を濡らしてくると、そっと顔をぬぐってくれました。私はまぶしいようなものを意識しながら、術のないままに、赤ん坊のように任せておりました。

何か紛らさないと、バツが悪いように思って、私は肘の方まで黒く染まった腕をぬっと差し出して言いました。

「羊の子供をだました狼の手――」

「マァ、それどうして?」

そう女の人が言うと、私は子供の時によく聞かされたところの、羊の子供達が、狼にとって食われたお話をしてやりました。

夕方帰ってくるから、それまでは決して誰にも戸をあけてやってはいけないと、お母さん羊が子羊達に言いふくめて、町へ買物に出て行きました。するとお母さんの留守に、コトコトと表の戸を叩くものがあります。子供達は入口の所へ行って「誰ですか」と尋ねました。外では「お母さんが帰ってきたよ」と言いました。子羊は手を見せることを要求しました。出された手を見ると毛むじゃらの真黒の手でありました。「お母さんの手はこんなに汚い手ではないよ」と言って追い払いました。

するとまたしばらくしてコトコトと叩くものがあります。悪い狼は、今度はメリケン粉の中に手をつけて、すっかり白い手に見せかけてやってきました。「今度はお母さんですよ」と言うので手を求めると、今度は白くてきれいだったので、信用してしまって鍵を外すと、躍り込んできた狼は、片っぱしから子供達を食べてしまうという筋でありました。

彼女はもう昼間寝て、夜起きていることを止め、友達の家へ抜け出すこともありませんでした。今は三人分の夜具がのべられるようになりました。その位置も最初は、座敷の真中をひどくあけて、何か不自然に両端に偏っていましたが、次第にそのぎこちなさは修正されていきました。

夜はよく蚊が出てきました。昼間はさほどでもないのですが、ほの暗くなってくると、あちこちの隅からわぁーんと泣くように湧いてくるのです。

日光の投射の充分でない前の向日葵の床あたりが、本拠になっているらしく見えました。それを防ぐために、夜は襖をぴったりと閉めてやすむことにしていたのでしたが、日増しに暑気の加わっていく頃のこととて、なかなか寝苦しいものがありました。

床に入ってからもしばらくは団扇が手放せませんでした。いつも一番早く鼾を立て始めるのは○でした。眠ろうとあせればあせるほど、眠れなくなってくるのが私でした。

私の団扇はいつ迄もハタハタと動き続けました。寝苦しいのは彼女もやはり同じように思われました。ハタハタと私があおぐと、彼女の団扇もまた、ハタハタと動いているのが知られました。

私はその夜も幾度か展転反側致しました。向こうも身じろいでいるのが判りました。そしてそれがみんな私に応じているようにさえ思われてきて、私は一層悩まされるのでした。

それでもいつかうとうととしかかっておりました時、何かごそっと枕上の方で物音を感じました。私の全神経はその一点に集中せられて、やがてそれは女の人の手が、畳に当たった音であることを知りました。

みんなが寝苦しいんだなぁと思いました。私の左側の方には女の人の床があり、右手には○がおりました。私と○とは一つの毛布をかけ合っているのでしたが、私は眠っていて身じろぐ間に、大抵はね出してしまうのでした。私はいつも手も足も投げ出してしまって、いわゆるのびてしまった者のような格好をしておったと思います。

どこか安定を求めるように、先程からうごめいていた女の人の体は、やがてくるりと丸まるように横向きになるようでした。その途端伸びていた腕がかい込まれるようになって、私の左の手に瞬間的にタッチ致しました。

「アッ――ごめんなさい」

かすかに驚愕の声を発し、小声に詫びると、女の人はサッと後へ身を退いていきました。私は「うむ」と呻いて寝返りを打ちました。先程から眠り続けていたもののように装いながら。

身じまいを正して、そっと女の人は外へ出て行くようでありました。あの人も平静ではいられないんだ。後を追って私も出よう。

そして一切を顧みず、ひしと腕の中に抱きとってやろう。――

しかしOの存在が、終始私の意識に、大きく上っておりました。あの例の鼾が先程からはたと止んだことも、ひどく気がかりでありました。彼女が出て行ってから、かなりの時間が経過しました。しかしそよっという音もしてきません。一体どうしたんだろう。私はいささか気にかかって案じ始めていました。

程経て草葉の擦れるカサカサという音が伝わってきて、庭にいるのらしいということはようやく察しられました。

それからまたしばらくののち、庭石を渡るかそかな下駄の音が起こって、やがて襖が静かにひらきました。私は眼をあけてそっと見やると、闇の中にほんのりと白い立ち姿が映りました。その白い影がゆらゆらっと動くと見ると、音もなく青白い光が眼を射るように流れ込んできました。

蛍！　それは一匹の蛍なのでした。

さっと放った拍子に、白い袂がふわりとゆらいで、片方の手がそれをぴったりとりおさえました。

絵だ。素晴らしい絵だ。こんな美しい墨絵をかつて見たことがあったでしょうか。私はそのすばらしさに全身電気にでも打たれたように感じました。

蛍は冷いほどに涼しい光を、部屋一杯に充満させて、二回、三回大きく輪を描きました。

それはもう別の世界の出来事のように思われました。たしか〝蛍の巻〟と名付けられて、相愛の男女が闇夜の逢いに、袂に忍ばせもった蛍を放って、その顔をぬすみ見るという趣向の扱われていた、才女の筆になる古物語の一節を思い浮かべておりました。私の魂はしばし王朝の夢の世に逍遥しました。蛍はやがて閼伽棚の榊の葉にそっととまりました。

かの人はあの物語を意識しているのかしら。あるいは全くそんなつもりはなかったのかしら。そこに重要なキィが潜んでいるかのように考えて、私は妙な関心を疼かせておりました。

彼女は風のように床に収まりました。蛍はあたかも私達の呼吸の如く明滅しておりましたが、やがて全く光を隠し去りました。女の人はずっと向こうの方に在りました。

私はこの夜を、母親の胸に縋って泣く嬰児のように、存分に泣き甘えたい感情に襲われてまいりました。今までは私の体にしっかりと取り鎧《よろ》われていたしかめつらしいものが、がたがたと崩れ落ちていくのを感ずると共に、すこやかで本能的な、一個の原始人にも似た存在の己を見出すのでした。――私はもう固苦しくはありませんでした。自分の心も身も、ぐんぐんと拡がっていくように感じました。ちょうどあの水鉢に入れた貝類が、あたりが静かになると、だんだんと体をはみ出させてくるように。

私は闇の中に、彼女の呼吸さえもはっきりと捉えることが出来ました。生き物の触角のような、私の末端神経は、左手の尖端に執拗に何物かを模索しておりました。

一個の物体がやがてはっきりと認知せられました。それは女の人の肩でありました。あの柔らかい肩なのです。薄い単衣のものを通じて、ほのかな温みさえも感ずることが出来ます。

私ははなはだ無遠慮な人間になっておりました。肩の下に置かれた手を大きくずらすと、その人の腕をしっかりと抱きとるように致しました。女の人は懸命にふりほどこうと試みました。

しかしそれが肯じられないことを知ると、ぐったりと力なく託せられてまいりました。私は苦しいほどの自分の胸の鼓動を認めました。そして狂ったようにもう片方の手であの人の体を抱きとりました。あの人の髪の毛がさらさらと私の顔に触れました。私の唇は喘いでおりました。女の人は低い恐怖の声を発して泳ぐようにもがき立てると、私の腕から逃れて抜けていってしまいました。

向こうの方でサラサラと帛《きぬ》のすれる音がしました。それは彼女がもう床を仕舞って起っていくのでありました。まだ夜明けのきざしは一向に見えておりませんのに。

――一つの静かな美しい花園がある。その花園が粗暴な一人の闖入者によって、無慚に踏み荒らされていく。その厭うべき粗暴者に擬せられて自分の姿が見出される。――

そんな幻想に捉われて私は忸怩としておりました。今日から私はどうしてあの人に対しようというのでしょう。すると私の体の中にいる別のもう一人が弁解がましく言うのでした。「だって彼女だっていけないんだもの」

そうだ、神によって与えられた罰に、さいなまれている人間の姿なのだ。私の傍にあって別もののように、整った呼吸を続けている○が恨めしく思われました。

それからどの位たったでしょうか。厨の方からしのびやかな足音がしてきました。

「Sさん」

私を呼ぶ声。

「火の工合がとってもよろしいの、消えないで助かりましたわ」

「そうですか、それはよかったですね」

昨日私が手入れした煉炭の焜炉が、朝までうまく火を保って、焚付けの手数のいらないことを喜んでいるのです。

彼女は決して怒ってはいなかったのです。私は安心とそして歓喜の中におかれてありました。

窓がほんのりと明るくなってまいりました。

顔を合わせる朝餉。私はあの人が、どうか今までと変わった素振りを見せてくれなければよいがと祈っておりました。賢《さか》しくも彼女は全くそんな気振りは示しませんでした。

その日の夕方、こだわって私は平常より少し遅めに帰ってきました。しかしどうしたことかOもまだ姿を見せていませんでした。私は困ったものに思いながらも、何気なく振舞っておりました。

異様な沈黙が二人の間にひとしきり存在した後、あの人は到頭いい出してきました。

「あたし、困ってしまいましたわ、あんなこと」

私はすっかりどぎまぎしながら、決して一時のいい加減な気持ちから出たものではないことを弁明しました。またそうした行為に伴う、男としての責任をとりたく思っていることを告白しました。女の人はずっと黙っておりました。

実は私は、国の親達からある結婚を迫られてきておりました。私は二人兄弟の次男坊でありましたが、兄がまたちょっとした変わり者で、ある植物の研究に大変打ち込んでいて、普通ならもう子供の二、三人もあろうという歳なのに、独身のまま先年召集をうけて、衛生兵となっていました。

それが南方の戦線に輸送される途中、海上で遭難して、あっけなく亡くなってしまった知らせを受けとったのは、私の渡陸後のことでありました。そんなことから大変慌てた親達は、私の嫁として気心の判った娘を迎え入れて、早く年寄らしい安堵を得たいと冀《こいねが》っているようでありました。親戚の筋に当たる相手の娘は、年寄達には大変気に入っている模様で、なんでもすっかり話はついていて娘を連れて見物がてら、年内に一度旅行に行くから、その節は途中まで出迎えに出るようにといってきておりました。

田舎の例のそうしたやり方を簡単に肯定する気になれない私であったし、たまたまそういう結婚の結果、大変不満を与えられ、しょっちゅう細君を打擲しているという失敗の実例を、身近に見ていたので、両親に安心させて、永年の労苦に報いたいとは思いながらも、困ったものに思っておりました。

彼の女の人に急速に近づいていったのも、分析的に観察すれば、混迷状態に悩んでいた自分の気持ちの救いを、外部のきっかけに求めていったものと見られました。

ひどく謙虚な気持ちになっていた私は、そんな内面的な事情まで、彼女の前に曝け出してしまいました。

これを口実に、国の結婚を断わってしまうから、女の人に承諾を与えて欲しいと言うと、

「息子さんの上に、折角ののぞみをかけていらっしゃるご両親に、悲しみをお与えすることは出来ませんわ」

と言いました。

「私の存在が、よその家庭の悲劇の原因になるなんて、苦しいことです」

「僕の家庭のことなんか、心配する必要はありませんよ、貴女の方の許しをもらう様に家へ言ってやって下さい」

「こんな人と近づきになっているってことだけ言ってやっておくつもりです。ただお友達としてね――」

昔語りの蛍のことを言い出すと、あの人は

「少しも存じません」

ときつく否定しました。そして最後に、「もう止して、Sさん嫌い、家の兄に似てるみたい、嫌い、嫌い」

そう叫びました。私はその場を立つと、椅子を持って庭へ下りていきました。もうあたりはすっかり黄昏れて、西空にかかった一ひらの雲が、じっと停滞したまま、だんだんに黒ずんで暮れていくのを、心にしみながら見つめておりました。

ある夕餉の後の一とき、私は座敷の窓の下にねそべって詩集を開げておりました。応接間の方では〇と女の人とが、最近見た映画の話を続けているようでした。

私はどちらかといえば、早口な喋り方をする方なのにひきかえて、〇の話しぶりは、ぽつりぽつりと切りながら、些《いささ》かもせき込まないなかなか好ましいものでありました。女の人もまたいわゆる聞き上手という方なのでしょう。話の口を引き出すような質問を、ところどころに差し挟むので、二人の話はいつ尽きるとも知れないように思われました。私は気が散って、何回も同じ行を読み返さないと、詩の意味が判りかねる始末でした。

何かごぞごそといわせていて、やがて燐寸を擦った女の人を、蚊遣りでも焚くのかと思っておりました。

ほどなく白い煙に乗ってやってきたものは、私を少なからず驚かせました。

私は大きく息を吸い込みました。

「いい香ですね、なんていうのかしら？」

Oが彼女に尋ねました。

「〝秋風〟ですって、時々こんなことをしてみるの、お浄めなのよ」

「――」

「ごめんなさいね」

「悪かぁないですよ――どうかねS君」

私はわけの判らない悲しさに捉われて、返事もしたくなかったので、腹の底でつぶやくように、低く「うーむ」とうなりました。

毒の香君に焚かせてもろともに

死なばや夏のかなしき夕

誰だったかのそんな歌が浮かんできました。そして私の網膜の上には、香朦々と薫ずる中に、ひしと抱き合っている二つの生けるものの姿がありました。——男の方はそれが○であり、それからまた私がそれにとって代わったり

——

女の人はあの時以後、私との間に何か仕切りを置いているように見られました。何となくあの人が、自分を遠ざかろうとしているらしいのが、悲しながらも感じられてくるのでした。

自分には○のような、あの世慣れた器用さがない。「○さんのお話し振りってとっても面白いのね」といつかあの人は言っていた。私はもはや彼女にとって気づまりな厄介な存在でしかあり得ないんだ。

四

私に一つの職場が決定しそうになった時、ようやく自分が救われるような気持ちでした。

それはある公益団体で建てられている私立の女学校でありました。構内の一画に、職員用の住宅がしつらわれており、一面の木立の中の、ぽっつりとした洋風の瀟洒な建物は、大変私の気に入りました。

Oの方もあちこちに当たってみているようでしたが、折角まとまりかけると思いがけぬ支障が出てきてフイになったりして、気を悪くしているようでありました。私の就職が決定しかけると、急に再び元のC市に帰ると言い出しました。

彼の健康の点から、少なからず不安を感じさせられていたので、私もそれが一番穏やかな方法のように思いました。

真夏の陽の容赦もなく、じりじりと照りつける暑い日でした。駅の近くの店先で、シャンペンを泡立たせて別れを送りました。

「あの人はなかなかしっかりした人だ。この土地でちょっとあれだけの人は珍しいよ。——あの人とだったらかなりの家庭が作られるね」

「——」

Oは一人で陽気そうに喋り続けました。

「どうかね君、ひとつ結婚しては」

「いや、僕はそんな気はない。それにあの人の方も、はっきりと嫌いだと宣言しているんだ——」

「結婚とか何とか窮屈に考えなくてもだね、ちょっと遊べるね。あの人だったら」

「そういう趣味もあるかも知れんが、僕はごめんだね。女の人の遊戯のお相手なんか」

私は頑《かたくな》になっておりました。

「嫌いだって言ったことがあるからって、そのまま受けとる手もないものだよ」

「もちろんそういう場合もあることは知ってるさ、だが彼女のは額面通りに受け取って間違いなかったと思っている」

そして私は今後、自分から訪ねて行くことはしないつもりだとOに告げました。

事実私はその後、お世話になったお礼の手紙を、一本送ったきりで、努めて女の人のことを忘れようと心がけました。

ちょうど暑中休暇中だったので、課業はまだ始まりませんでしたが、私にとっての新しい生活が開始されました。

私の住宅に道を一本隔てて向こうには、もう一つそっくりの同じような建物があって、そこには十歳ばかりの男の子を一人連れた女の先生が入っておりました。内地の留学生であった男の人と相愛の仲となり、国籍まで変えて夫君についてきていたものが、夫に病で先立たれ、遺児を擁してひっそりと暮らしているのでした。

内地の変化も一向に知らなくて、私の説明する東京の町の話が、ひどく懐かしいらしくて、大変親しみを示しました。

「Sセンセイ、ゴハンタベマショウ」

そう言って、いつも食事を知らせにきてくれるのは楊さんでありました。楊嬢は楊崇礼という名前、学校の寄宿舎生の面倒を見ながら、大学の文科に通っている篤学の士でした。専攻に日本文学をやっているとかいうことで、文学関係が多かった私の蔵書を見ると、あれも見せて、これも貸してと言ってかなりの本を持ち出していきました。

スラリとした体つきの、笑いっぽく丸っこい顔立ちで、髪の毛を青い大きなリボンで束ねておりました。日本語の会話は案外ぎこちなくて、文学の話など交わしている時に

「此ノ言葉ハチョット気持チガヨイデス」などと言って微笑まされることもありました。

無精者の私は、食事に困ると、よく近所にあるデパートの食堂に行って、済ませてくることがありました。

ある日、デパートの入口で、ばったりとあの女の人に行き合いました。あの人は軽い驚きの声を上げて、身をすくめるような格好をしました。

「風邪を患いましたらなかなかとれなくって――」

と言って首に白い布をぐるぐると巻き、腫れぼったい顔をしておりました。

「こんなところをお目にかかってしまって」

避けられない用事のために、止むを得ずこれから出かけるところであると言いました。私はいつぞやのお礼を述べて、お暇の折に是非一度お出かけ下さいと言うと、お邪魔でなかったら一度お訪ねしたいと言って、都合により次の日曜の昼前あたりに行くかも知れないと言いました。


「まぁ、もう十二時ですわね」

日曜の昼時にやってきた女の人は、私の部屋に入って、時計に目をとめるとそう言いました。

「どうしましょう、午前中にお伺いしますってお約束しておいて。

午前中に来たことになるのでしょうか、午後というのでしょうか――そぅそぅ古い歌にあったではございませんか？　あの春の来るのが早かったとか、遅かったとかいって――」

「ええ、〝去年《こぞ》とやいわん、今年とやいわん〟でしょう。午前とやいわん、午後とやいわんということになるんですか、アハハハハ」

「あの歌ってどんなだったですかしら、一首は？」

「何というんだったっけなぁ――あぁそうそう〝年の中に春は来にけりひととせを去年《こぞ》とやいわん今年とやいわん〟でしょう」

と言って、古今集の最初の、春の部のその歌を誦んじました。

私はそれを言い終ってハッと致しました。いつぞやの晩の蛍の物語の故事は、この人はきっと承知しているに違いないということでありました。

彼女は、その後私が寄りつかないことに対して、こちらの学校はそんなにおよろしかったのですかと、嫌味めいたことを言ったりしました。

私はわざわざ楊さんの話を持ち出したりして、彼女が国際結婚に対する私の感想を、求めたことがあることを告げました。

「結婚してもいいって考えていらっしゃるようね」

と言いました。私は
「まさか」

と言いながら体をゆさぶって、笑いに紛らしてしまいました。

女の人は言いました。

「Oさんはいい方だとは思っておりますが、路を歩いている時など、よくよろよろしてもたれかかったりなさることがあって困りました」

「――――」

「先生はというと、いつも何か口笛を吹きながら、とっとと私より先の方ばかり歩いておいでになりましたわ」

「男の方に対すると、何かこう張りつめていなければならないような、重っ苦しいものを感じて、話題にも困ってしまうというのが私の常でしたけれども、先生とお会いしている時は、どうしてかちっともそんな気持ちがしないのです。いつか私が、兄に似ている感じがすると申し上げたことがあったと思いますが、それもこんなことからです。先生とお会いしたあとで、思い返してみると、とってもつかみどころがなくて、いつも何か損をしたような気持ちにさえなるのでございました」

そんな風にも言いました。

「あんまり利発な人々とつき合うよりも、少しどこかぽっとした人間の方が、楽な気持ちだということは僕も同感ですね。それはそういう人々と一緒ならば、こちらが出し抜かれて、ひどい目に遇ったりすることがないという安全感のためでしょう。結局人間があんまり利口でない証拠ですよ」

私は自嘲するように言いました。

「本当のことを申し上げるとわたくし、一時は先生のことで苦しみました。時と所を問わず際限もなく、先生は私に向かい合っていらっしゃいました。どうしてこんな私になったのかと、私は自分で自分が恥ずかしい思いが致しました。しかしそれは過去のことでございます。今はもうずっと楽な気持ちになっております」

女の人は続いて、先日町を歩いていて、ある男から求婚されたお話をしました。

ちょっとした用事を済ませて、郵便局から出てきた時、後からついてくるようにやってきた男が、親しげに話しかけて「今度の空襲で、自分の内地の家もすっかり焼かれてしまいました。家族の者も死んでしまいました。私は僅かの貯えのほか、天涯の独りぼっちになってしまいました。ちょっとお見かけして、大変心を惹かれたのですが、貴女がもしおさしつかえなかったら、僕と結婚してくれませんか」と言って、確か何十万とかの額の、小切手を見せたのだそうです。世の中にはずい分変わった男もあるものだなぁと思うと共に、若い女の人の周囲には、我々のちょっと想像もしないような突飛なことが、沢山あるに違いないと思いました。

「私は近頃外地の人々が厭わしく思われるようになりました。あと一年半すれば、こちらの服務期限も果たしたことになりますから、早速内地に帰ってしまおうと思っております」

「――とおっしゃると貴女は、我々の現在のこの状態が、当分このまま続くものと考えておいでのようですが、何も一年も半年も待つ必要はありませんよ。そのずっと前に大変動に遭遇することでしょうよ」

私はそんな言い方をしました。女の人はまた別の話をしました。

それはみなしごの小僧さんの話でした。郷里の家のお寺に、一人の孤児のお小僧さんが預かってあるのだそうです。その小僧君はなかなか扱いにくくて、家の人の言うことは、誰のことも聞き入れないのだが、その女の人の言うことだけは、とても素直にきくのだそうです。「ねえさん、ねえさん」と言ってなついて、夜道を外に出なくてはならない時など、提灯を提げた別の手に、棒を打ち振り打ち振り「ちっとも怖くないや」と言いながら先に立って行くのだそうです。

「何だかちょっと〝たけくらべ〟といったところですね」

私はそんな話を聞いたり喋ったりしている中に、だんだんほのぼのとした気持ちになってきました。夕方近くなって、帰るというあの人を送って外に出ました。

街の中には、夕餉の支度の物の匂いが立ちこめておりました。あの人の家の近くまで行きましたが、なんだか別れきれない気持ちで、また家から遠く離れて行きました。あたりはもうとっぷり暮れておりました。

遠くひびく唸りの音に、夜空を見上げると、すっかり出揃った星屑の中を、小さな赤い灯をひいて、渡ってゆくものがありました。

私は先日の南の島の記事を思い出して、

「僕もいつまでもふらふらしてはいられないな」

とつぶやきました。

「あたし、少し休ませていただきたくなった」

人気《ひとけ》の少ない町外れで、道端にとある子犬の蹲くまったほどの石に、女の人は腰を下ろしました。石は小さくてとても二人はかけられないほどだったので、私はその傍に佇んでおりました。やがて女の人が席を譲って、今度は私がかけました。女の人は先程の私と同じように佇んでおりましたが、私は急に二人をもっと身近に感じたくなって、いたずらっぽく裾をひっぱりました。しばらく突っぱっていた女の人は、やがて呻くように「先生」と言ったかと思うとくねくねと崩折れるように、私の方にもたれかかってまいりました。私は黙ってそっと抱きとりました。

女の人の項《うなじ》が夜目にも白く、ぼおっと眼にしみました。いつかの日の肩叩きのことを思い浮かべながら、髪の毛にそっと手を触れてみました。あの人はじっとうつむいたまま言いました。

「私は先生に、お兄様になっていただきたかったのです。兄は私にとってとても優しい保護者でした。こうして一人で離れてきていて、私は優しい愛情に飢えていたのです。その代わりの人――と言っては悪いですけれど、私には兄の役目をしてくれる人がどうしても欲しかったのです。

そしてただ兄で充分なのです。兄以上のものの必要はないのです」

何か人をはばかって歪められているとしかとれない、そんな女の人の考え方に、私はいつも飽きたりなく、腹立たしさを与えられるのでした。

「貴女は何故よそゆきの着物を脱ぎ捨てて、私に寄りかかってくれないのです。間に一枚何か置いたような、取り繕ったおつき合いを強いられることは、やりきれないことです」

「でも私には、これ以上踏み出すことは出来ないのですもの。

もし私がこちらで男の人と一緒になれば、家の方の人達は〝あの娘はよそで男を作ってきた〟そう言って囁き合うんです。結婚でもする場合には、檀家の人々の承諾を得なければいけないんです」

「僕の方にも劣らぬ封建勢力ですね」

「それに先生には既に、ちゃんとした立派な方が、決まっていらっしゃるんですから――」

私は自分達を取り巻いている、無数の煩わしい絆を改めて見直すと、憎悪の感情でその一切をふり切って、国籍をも捨て、別の世界に移って行きたい思いがしきりでした。

あの奥地生活からもうほんの少し踏み切りさえすれば――。

物売りの帰りらしい箱車をひいた人が、いぶかしげに何度も我々を見返りながら、傍を過ぎて行きました。

私の潔癖はその場を切り上げることをせき立てました。本当に二人の感激が融け合って恍惚の境地に浸っているのなら、それはそれでどんな人に見られようとも、ままよという気にもなることは出来るのだが。

たとえてみれば痛くもない腹をさぐられる、といった眺め方をされることは、それがどんな人であってもやり切れない。

ともかく私はそこを早く離れるべく、女の人をいいように賺《すか》すと共に、家まで送り届けることにしました。

女の人は帰りの遅くなったことを気に病んで、門を推すのを幾度か躊躇しました。けれども私は、結局あけてもらうより外にみちはないのだから、思い切って入りなさいと激励して、少し手前の闇の中に立ち止まり、うしろから見守っておりました。

あの人はようやく思い切てベルを押しました。邸の内では子犬のキャンキャンと吠え立てる声がこだまを呼んで響き渡りました。

やがてポッカリと外燈がつき、門扉のゆらゆらっとするのを見届けると、私はホッとして踵を返すのでありました。

五

私が部屋に籠っていると、楊さんがやってきて「先生オ電話デス」と言った。「ああそう」と腰を浮かすと「モウ済ミマシタ」と言う。

手振りまじりに、愛想よく彼女の語るところによると、電話があった時、私を探したが見当たらなかったので、聞いておいたのだが、女の人の声で、本があいたら返して欲しい、と言ってきたのだそうでした。

そんな電話なら、私の不在のことを告げて、また後からかけるように言っておいてくれた方がよかったのに、と思うのでしたが、彼女としては、そのような電話をも自由に聞いて、取り次ぎ得ると言うことを、得意になって示したかったようでした。それで私は、努めて不快の色を表に表わさないように意を用いました。

翻訳物のフランスの小説を、一冊私が借りていたのでした。それは既に一度学生の頃読んだものでありましたが、懐かしい小説であったことを思い出して、もう一度読もうと借り受けていたものでした。

翌日、本を持って私が訪ねていくと、あの人は大変戸惑った様子で、「ちょっとお入りにならないで、お呼びするまで外で待っていただけません？」

そう言って私を外に待たせておいて、部屋の中を取り片づけにかかるようでありました。

「ごめんなさい、ご本のことなんでしょう――急いだこともなかったのですけれど、何だかちょっと呼びかけてみたかったの――それにお電話あまりよく通じなかったでしょう――だからお判りにはならないと思ってましたの――お出になった方どなた、楊さん？　張りのあってとっても可愛い声の方ですわねぇ」

部屋の中でせわしげにバタバタしながら、外の私に話しかけました。

「昨夜少し夜ふかしをしてしまいまして、てきめんに今朝は寝坊で、今日はまだお掃除もしないでいました」

ひときり私を外に待たせたのち、部屋の中に招じ入れてそう弁解しました。

「昨夜は駄々をこねて申し訳ありませんでした。私あとから考えて、きっとご不快にお感じになったに違いないと思いました。あの時のこと、覚えていていただきたくありませんわ。何もなかったことにしていただきたいの。――でもみんな打ち消しってわけではないの。やっぱり二人の間に一定の距離は欲しいのですけれど、遠ざかりすぎることは苦しくって――」

「どうも難しいご注文だなぁ、僕に一体そんな芸当が出来るもんだろうか。親しみすぎてはいけないのなら、きっぱり遠ざかった方が危なげがなさそうだがなぁ」

「やっぱりそんなにおっしゃるの？　ほかの人には判っていただけないものなのでしょうか、私の気持ち――」

あの人は額を伏せて思いに沈むようでありました。ひどくしおたれたその様子に、少しくひき立てるようにしてやろうと、何か言いさした時、

「おねえちゃん、隠して――兄ちゃんが見つけに来る」

息せいて駆け込んできたのは、いつもよく遊びにやってくる近所の女の子供でありました。

「まぁ、また隠れん坊、じゃ今日もいつものところね」

女の人が窓っぷちの机に近寄って、テーブルクロースをまくると、女の子はころがり込むように姿を隠しました。

――もういいかい――と呼ぶ声が、二、三回外に聞こえたかと思うと、上の男の子がやってきました。いつものことで、勝手は判っているらしいのだが、

もっともらしい様子で、あちこちを窺うようにしてから、最後に件のクロースをめくって、女の子を見つけ出しました。

子供達はそれで一役済ましたかのように、今度はこちらへ甘えかかってきました。

「小父ちゃん、小父ちゃんここのひと？」

「うん、ここの小父ちゃんだよ」

「どうして時々しか家にいないの」

「小父ちゃんお勤めがあるからだよ」

「だって夜もやっぱりいないでしょう」

「なかなかこまかいんだね、これはかなわん。かなわん」

「家のお父ちゃん毎日朝お勤めに行くけれども夕方ちゃんと帰ってくるよ」

「すっかりたじたじの態といったところね、子供ってとっても気を配っているものなのよ」

五つばかりの、その妹の方をぐっと抱き上げながら、女の人はそう言いました。

「おねえちゃん、何かして遊ぼうよ」

男の子は妹の抱かれたのを見て、不平そうに女の人をゆすぶりました。

「あ、誰か呼んでるな」連れが呼んでいるらしい外の声を聞きつけると、男の子はそそくさと駆け出して行きました。

やがて女の子も後について出て行きました。

「本当に子供達って気がおけるわ」

「私達も外へでもまいりません？」

女の人ははにかみながらそう誘いました。

二人は外に出ると、その近所にあったひとつの公園の中に歩いて行きました。

公園の花壇には、我々が内地で、万寿草と呼ぶ花に似かよった、橙色の毬のような花がさかり時でありました。蔓薔薇の一杯にまとわりついた、露台風の憩い場所があって、私共はそこに腰を下ろしました。

眼の前には一面の芝生が続き、その果ての方に、ブランコに乗って遊んでいる子供達は、服装こそ異れ、内地の風景と少しも違いませんでした。

父親に子供の手を引かせておいて、先の方に駆けて行った母親が、カメラのピントグラスを覗いているといった、西洋好みの一家連れも視野の中に入ってきました。

私は思い出したように、ふざけた口調で女の人に、兄の立場から注意を与えておくがと言って、一、朝寝をしないこと。二、夜は早く休むべきこと。三、友達に気をつけること。四、面倒でも食事はいい加減に済まさないことなどを申し渡し、大変に笑わせました。

私は努めて淡々として快活を装い、身近な問題を口に上せることを避けました。

女の人は話しました。

「女専時代の先生に、特別目をかけて下さる先生があって、信仰のことで悩みを持っていた私は、その先生の家を度々訪ねて行きました。ところが困ったことに——」

彼女は笑いながらつけ加えました。

「とうとうご夫人の不興を買ってしまいましたの。〝貴女はしょっちゅう来て神があるとかないとか、面倒臭いことばかり話しているが、救われたいのだったら、天理教にでも何にでも入ったらええがな〟と言って手きびしくやりこめられたことがありました」

と、その言葉をおかしげな京都弁で喋って、私を大いに笑わせました。

「あれをお読みになって――アリサの心根、どうお思いになりまして？」

話題はかの小説のことに転じていきました。女の人は心持ち首をかしげて、何か遠いところのものを、追い求めるような顔付きで言いました。

「思い焦れておりながら、妹もその人を愛していることを知ると、そっと譲ってしまって、自らは信仰の世界に幸福を求めていこうとするアリサ、アリサは私の好きな型の人ですわ」

「遂げられざる悲しき恋の物語ですね。そしてその故にこそ、何か美しいものとして印象づけられるといった――」

生い立ちがもともと古いお寺というような環境で、身の周りにいつも何か、信仰めいた小ざっぱりした書物を置いているその人としては、忍従とか犠牲とかいうようなことに、美を感じようと赴くのは、無理からぬ傾向であったかも知れません。

「あなたが自分の好みとして、そういう境地を尊く思われる気持ちは、私にとってわからないものではありません。しかしあの相手の男の役を務めるには、私はあまりにも俗物であったことをお気の毒に思います」

私はむしろ邪慳にそんなことを言いました。あの人はもどかしそうに、私の理解を求める言葉を探しているように思われましたが、到頭言わずに終わりました。

まだ陽は少し早かったけれども、先日のことがあるので、早目に引揚げることに致しました。二人が歩いて行く道の彼方の空には、豊旗雲と呼びたいような夕雲が、赤く照り輝いておりました。

「ほんとうにすがすがしいこと。こんな気持ちを味わうことの出来るの、ほんとうに久しぶりですわ」

「このような夕を、私にもたらして下さったことを、神様に感謝致します」

女の人は如何にも悦びの中に浸っているようでありました。けれども私は、何か充たされないものを感じ続けているのでありました。

二人の家への道が、そこから分かれる電車通りまできました。私はさりげなく別れの挨拶をして、電車通りを越えました。

女の人は小かがみにして頭を下げると、小走りに別れていきました。私は女の人がもう一度振り返って、何か言ってくれないかと、数歩先でしばらく立ち止まりましたが、女の人の後ろかげは、もう小さく見えておりました。

私の住居のめぐりの木立は、蝉の棲みかになっておりました。まだ夜の明け切らない時分から、もう地の底を流れるような、ジーッという蝉の声が聞こえ、日がたけるに従って、次第にかまびすしさを加えて、終日小止みもなく降りそそいでまいります。

葉漏れの日光が、窓から落ちてきて、白いシーツの上に、緑の水玉を結び、その無数の水玉は、一陣の風に二重三重に、あるいは濃くあるいは淡く、漣のようにさやぎ立てるのでありました。

私はその中に身を投げかけると、長々と横たわって、虚空に見入るのです。するとぽっかりとあの人の幻が現われ出て、私と語り合うのでありました。

私は町で、珍しい香を買ってきておりました。それは表に〝清真香〟と書いてあって、回回《ほいほい》教徒の使うものらしく思われました。

ちょうど編棒程の細い竹を芯にして、塗られている青色の香は、火を点ずると、花のように派手やかな匂いを吐き続けるのでありました。あの〝秋風〟のわびしさには、似るべくもありませんでしたが、たぐいようのないすがすがしさを持っておりました。何にてもあれ、香の中に浸っていることによって、匂いにまつわっている過去のひとときの再現を、懐かしんでおったのでありました。

悪夢のような戦争の嵐は、次第に町の中を吹きまくってまいりました。昨日はあの人が、今日はこの人が、町の噂は、召されて征った人々の名前を、口から口へ伝えておりました。私も心の準備をそっと固めると共に、最後のものに直面する前に、何か整理しておかなければならないような苛立たしさを持ちました。それを何とか決着させなければ、どうにもならない気持ちに駆り立てられてきて、ある午後女の人の家を訪ねて行きました。

「Nさんね、結婚してしまいなすったんですって、あんまり急で私すっかり驚いてしまいましたわ」

私の顔を見ると、いきなり女の人は、自分の同僚の結婚を告げました。先頃私達がちょいちょい訪ねた時に、留守が多かったのも理由が判ったような気がしました。その人の相手がP大学の学生で、二人の交際が大分長いものであったことも、女の人は語りました。

「私もいよいよ孤塁に立てこもることになりました」

そんな風な表現を用いました。

「あの方は何でも自分の気持ち次第に、さっさと処理出来る人なんです。自分の気持ちの済むように何でもやったらいいじゃないのって、それがあの人の主張なんです。

いつかも私におっしゃったことがありましたわ、貴女は何も自分の思っていることが出来ないのねって。あの人は確かに新しい型ね。

近代的っていうのかしら？」

「O君がねぇ、いつか貴女のことを〝古風な人〟と言っておりましたよ。香を焚いたりすることが、ちっともおかしく感じられない〝たおやめ〟という言葉を思わせるような人だって」

「まぁ——先生もそうお感じになって？」

「そうですね僕は、貴女は弱々しそうに見えていて、案外芯の強い人、Nさんって方は、強そうに見えていて、事実芯は弱い人のような気が致しますね」

「悲観致しますわ、そんな風にきつく見えまして？

でもやはりいつかこんなことがありましたわ」

「お隣の家に泥棒が入ったことがありましたの。その時あの人は、真っ青になってがたがた震えていたの。そしてあとであの人が、貴女ったらちっとも驚かないような顔をしているのね、にくらしいって——

でも私本当に強いのかしら？」

お話をする時のあの人は、いつも真っ直ぐには向き合わないで、視線を厭うような体つきをし、頭を垂れて、手先に何かをもてあそびながら、ぽつりぽつりと語るのでしたが、それが非常に思いあましているような可憐さを添えるのでした。

とり立てて美しいという顔ではないのですが、そんな時の、頬から顎にかけての伸びやかな線、どちらかといえば、細い切長の、愁いを帯びた静かなまなざし、私の好きな飛鳥期の木彫の菩薩像。古いといえば古いのですが、そんな少し俗離れのしたある上品さ、それが私の気持ちを駆り立てるのでありました。

「私にはとてもあの方のような道は歩まれませんわ、それに一度家庭に入ってしまえば、女の人って、すっかりご主人の色に染《し》みきってしまうんですもの——。

けれども私、いつか気分が悪いと申して、朝伏せったことがありましたわね。あの時先生はお食事を整えて、私の頭の傍へ持ってきて下さいました。先生がお勧めになっても、私はいただきませんでした。先生はお出かけになる時、私が目をつむっていると、またそっと離して置いてお出かけになりました。私は後でそれに気がついたのですけれど、その時本当に言い表わしにくい変な気持ちに陥ったことがありました」

女の人の話を聞きながら、私は古い時代の、生活も感情も極めて素朴で、そうしてそれを思うままに行使することの出来た世界に在った人々に、たまらなく羨望に似た気持ちを寄せておりました。

私はこみあげてくるようななつかしさに捉われながら、私の好きな古代の歌の一節をそっと口ずさみました。

「青山に　日が隠らば

ぬばたまの　夜はいでなむ
朝日の　笑み栄えきて
栲綱《たくづの》の　白き腕《ただむき》
沫雪《あわ》の　若やる胸を
そ手抱き　手抱きまながり
真玉手　玉手差し纏き
…………………………」

女の人はうつむきながら、でもそっと耳を傾けているのを認めました。
「〝神話〟の中では、ひとりの毘売《ひめ》が、背の君なる命《みこと》に奉られたる歌となって収められているけれども、何も特定のひとりの人の歌と、いうわけではないものと考えられます。古代の人の共通した、偽らざる感情の詠嘆で、人々の口に民謡風に膾炙していたもの、とそんな風にとるべきではないでしょうか」

女の人は私のお喋りに気を奪われたようにしておりましたが、やがて我に返ったように、

「止しましょうよ、そんなお話」

と言いました。

「このままであたし達は充分しあわせなんですもの、そうはお思いになりません?」

私は蛍の夜のことを思い、あの美しい機縁さえも、こんなに虐待してしまうのかと思うと、やるせなく淋しくてたまりませんでした。

六

私の学校の一部分が、兵隊の宿舎に当てられることになりました。その部隊はずっと南の方の、海辺地方から移動してきたもので、輸送関係の悪化から、なんでも半年近くも前に出発して、ずっと行軍ばかり続けてやって来たということでした。

学校に全部を収容し切ることは出来なくて、溢れた人々は、なお別の箇所に分宿しておりました。

その顔色には一様に、疲弊の翳がさしておりましたが、そのような苦難の末、こんな都会の中に置かれたことに、大きな喜びがあったらしく、盛んに外出が行われているようでした。

彼らの心情に充分同感することの出来た私は、よく自分の部屋に招じ入れて語らいました。彼らはつぶさに辛酸をなめた南の土地の、苦闘を感激的に語ったのち、ほっと肩を落とすようにすると、つぶやくような調子で、

「とても駄目ですよ」

「戦争なんて一日も早く終わればいいんだ。勝とうが負けようがおいらの知ったことじゃない」

「実際子供の顔が見たくなりますからねぇ」

などと言うのでした。

私はかつての日のいかめしい、いわゆる日本軍人の型を通り抜けて、本然の人間自己に復帰しつつある人々のむれを見ました。

わたしはずっと、内地の新聞を絶やさないでおりました。くにを出る時私は、二種類ばかりの新聞を、本社から郷里の家へ、直送してもらうように手続きし

ておき、家ではそれを五日目毎位にまとめて、送り届けてくれました。外地に住むことになっても、絶えず内地の動向に注目していたかったのです。

一週間、十日、時によると半月以上も、遅れて来ることがありましたが、そんな現象の中にも、事態の推移が眺められる思いでありました。

異郷に在って見る故国の新聞というものは、内地ばかりにいる人には、考えられないほど懐かしいもので、ほんとうにそれこそ、一字余さず読みとって、中に関心をひいた事柄でもあると、あらゆる様々な想像を寄せかけて、あたうかぎりの角度からの、検討を行ってみるのです。

次第に紙面の小さくなっていく新聞には、それに逆比例するように、強がりの呼号が仰々しく掲げられておりました。

挿入の写真版は、大抵火を噴いて落ちる敵機の末期でありましたが、そこから私に感じられるものは、ああまた随分傷害を被ったことだろうなぁという、故国に対する思いやりの痛みでありました。

それにこの頃目立ってきたことに、ほんの二、三行にしか取り扱われていないけれども、重臣と呼ばれる人達の、頻繁なる出入りは、芝居の大詰を思わせるものがありました。

力不足のため、理解の充分なものは得られないながらも、現地新聞の数種にも目を通すことに努めていた私は、その中のひとつが、降伏後におけるドイツのベルリン復興状況の、極めて顕著であることを、賞讃的な言辞を以て、報道している記事に目がとまりました。この一文を載せた中に含まれている意味を、軽く見過ごすことは出来ないと思いました。確固たる一定の見通しの下に、日本がかつての絶対に近い支配力を、持ち続けている限りにおいては、思いも及ばざることではなかろうか。

そして経過数日、重大放送が、翌日正午を期して行われる旨の予告がありました。またその放送が、陛下の直接の声を伝えるものであることが知らされました。

国歩艱難の折柄、最後の一人まで死力を尽くすべきことを、おさとしになるものに違いないという校長の意見に、私の見解はそれとは全く立場を異にすることをもらしました。それでは何か、と問われると、やはり口にすることが恐しい思いで、考えを述べることは思い止まりました。

ともかく事の重大なことは察せられる。明日は一応みんな集って、ラジオを聞こうということが申し合わされました。

明日になれば、明日になれば一切晃《けり》がつくのだ、私はそんな風に自分に言いきかせました。

私の向かいの女の先生は、翌日、ちょっと買物の用事で、町へ行ってきたいからと私のところに寄りました。

「放送はどうなさるのですか」

と聞くと、

「大したことではないんでしょう。先生聞いといて頂戴」

と言って出て行きました。この人もこんなにしか考えていなかったのか、と見やりました。

やがて時刻。数名の人々が一室に集まりました。ラジオは重大放送なるものを始めました。ところがどうしたというのでしょう、ひどい雑音がかかっていて、さっぱり何の事やら判らないのです。それこそどこかで、故意に妨害しているとでも解したいような、不明瞭なものでありました。滑稽にも、さっぱり判らないままに放送は終了しました。

校長は説き聞かせるように言いました。

「国民に最後のご奉公をすることを、さとされたものと思えば間違いないでしょう」

みんなラジオの前に頭を下げる中に、私も在って静かに退出致しました。本当に最後の一人になるまでやれと言うのでしょうか。そんな無茶な、ひどい話があるものか。そんな無暴なことが許されてなるものか。もっと別なものであるはずだった。

そうだ街へ出て見よう。中にはよく入って放送を聞き分けているところがあるに違いない。私は賭けでもするような気持ちで外に出て行きました。

しかし街には何ら今までと変わった素振りもありません。ああ、やっぱり私の思い過ごしであったのでしょうか。

「本当に我々の国は、徹底的に憂鬱な、救いがたい国であるらしい。一体どうするというつもりなんだろうか」

出て行った時のいきおいに比して、ひどく重い足どりで自分の部屋に戻りました。

そこへ女の人から電話がかかってきました。

「ラジオお聞きになりまして？　日本、降伏したんですってね」

「あ、何ですって、降伏？　日本の、ああそうでしょう。ええ、なぁにラジオがいけないものですからね、さっぱり聞きとれないでいたんですよ、ええ、ええ、じゃ行きますから」

私は校長のところへ行って、手短かに事実を伝えると、女の人の家へ急ぎました。

街の空気は、先程とはすっかり変わってしまっておりました。異国人ということを嫌らしいほどに意識させられながら、殊更平静を持して、ざわめきの中を通り抜けました。

「むしょうに悲しくって、ただ先生に向かい合っていたかったの」

すぐ訪ねて行った私と、卓子を中に対き合って、あの人は言いました。

「私、本当は泣いてしまいました――。

先生のご冗談のようにおっしゃっていたことは到頭現実になってしまいました。

先生は二度目をお征でにはなりませんでしたけれども――爆撃がいよいよひどくなってまいりましたら、先生のお傍にいって死のう――

そんな風にまで考えていた私でございました」

女の人は腰を上げて、卓子の上の、夏水仙に似た、つつましい白い花を整えました。高貴な香水のかがよいにも似た香りが、ぷーんと鼻に届きました。

「いい香りの花ですね」

「ええ――でもまだ本当でありませんの。夕闇が訪れて、そろそろ〝晩〟と呼ぶ頃の時刻になりますと、際立ってよい匂いを吐くようになりますのよ、だから晩香玉《わんしゃんゆい》というんですって――。

日本にこんな花ありましたかしら――たしか見ませんでしたわね。

私内地へ、この花の種子を持って行きたいと思いますの」

「そしておんなじ一つの部屋で、一緒にこの花の匂いの中にひたることが出来ましたなら――」

と極く低い声でつけ加えました。

私は感情が、いつもよりずっと高ぶっておりました。

女の人は手にしていた花の一つを取り落としながら、そっと私の腕に触れました。私も両手を伸ばして、彼女の肩に置きました。しばらくはこうして、手を差しのべたまま、一言も言わずに、互いにじっと立っておりました。

その真面目すぎるほどの顔に持ち前のあどけない可憐さがただよいました。

「Nさんねぇ、家にいるのがとても窮屈なんですって、ご主人って方、すっかり自分の好みに従わせたくて、とてもいろいろ干渉されるので、たまらないんですって」

「何でも自分のご都合通りにしようっていう型なんですね、相手の人を認めてあげることの出来ないところの——」

「でも世のご主人って方、みんなそうじゃないのかしら」

「そういう型の人が多かったことは事実ですね。

そして女の人は、努めて無色であることが望ましく、ただ従順でさえあれば、それで立派な女と言われたようなことが」

「そういう貞淑というようなことも、決して悪い徳でないことには違いありませんが、その一つさえあればそれで充分というような、決定的なものではないと思うのです。

もっと何かそれにつけ加えられるべき、重要なものがあるのではないかと思うのです。主人に寄りかかってしまわなくても、やはり一個の人間として、しっかりしたものを持っているといったような――」

平生頭にあったそんな女性についての考えを、一気に述べる私は、やや上ずっていたかも知れません。

「男の横暴に都合のよいように、こしらえられて強制せられた古い道徳なのです。そしてその強いられたるものに対して、果たしてこれでよいのかという、反省さえも示さなかったのが、従来の女の人だったのです。

私は世間のいわゆる、お行儀の正しいとか、お料理のうまいとか、そんなことばかりを結婚の要件と考え、また看板としているような人達に対して、激しい反感を持つのです。

結婚といえば、ただ周りの者のはからいによって、機械的に運ばれていく。

そしてまたその当人達の、相手がただ異性でありさえすれば、というかの如き、安易な考え方に対して、私は憎しみさえ感じるのです。

そこには全く人格的なものは存在しないのです。何の進歩も向上もないのです。永遠に虐げられたる人々――いや虐げられていることすらも自覚しない人々です。

私が因襲的な田舎の結婚を嫌うのもそんなことからです。私は決してそんな結婚を採りません。大いに苦しむべきです。そして他のものを以てしては、決してこれに替えることの出来ない、ただ一人の人を得たいと思います。そこにはその人間の全人格が賭けられるのです。

私はこれからの若者が、そうあるべきだと思います」

「何か、こう新しい力が湧いてくるようなお話でございますわ」

女の人は心なしか、上気しているような顔色でありました。

そしてどう思ったのか、学校時代に、フランス語の先生の額に、ある朝接吻の跡と思しきものを発見して、みんな大騒ぎをしたお話を致しました。私はこんなにまで近く存在している二人が、また離れていなければならないのかと思うと、切なさに涙がこぼれそうに思いました。

私は低く

「抱いて、抱いて」

と言いました。

「抱きたい――でもこわい、いやいや」

女の人にもてあぐんでいるもののあるのを認めました。

私は近寄って行って、乱暴にぎりぎりと抱きしめて、そっと放しました。

そしてもう一度思い返すように、きつくきつく抱きすくめました。すると今度はあの人が、強くもつれるように抱きしめたのです。

それは女の人でも、こんなにまで強い力があるのかと驚かせるほどでありました。

女の人は私から離れると、反省するようにつぶやきました。

「こんなことっていいのかしら、あたしきっといけなくなったんだわ、もっと美しいものを二人の間に求めていたはずだったのに。堕落させないで、ねぇ、いい子にして」

私は宇宙も自分と一緒に、歩みを止めたかと思われるような、そのしびれのひと時を、懐かしんでおりました。

七

歴史の針は、大きく回ったようでありました。

我々が習ってきた日本の歴史も、今度はもっと変わった風貌をもって、立ち現われてくるに違いない。少くとも今までの、あの観念的な教訓めいた体系は、威力を持ち得なくなることだけは確かである。

そして私は学生時代の不快な思い出である、一つの事柄を思い起こすのでありました。

その頃、古きものはすべて、一つの信仰となっておりました。

たとえば一つの古典から、国民がうけとるべき思考のタイプは、厳格に規定されておりました。それ以外の見解を差しはさむということは、もはや許すべからざる罪悪でありました。

この風潮について行き難く、納得のゆかないものを持った私は、それとはおよそ対蹠的な行き方をした文化史的、実証的な研究の、序説の如きものをまとめたいと思っておりました。ところが私の信頼していた先輩の一人が、それを知って執拗に、その企てを思い留まるべきことを勧告してきました。

今日そのような旗印を明らかにして、人に注目されることは、非常に不利な結果となるであろう。

とまれ、その研究によって、君自身の被る制約は甘受するとしても、それを指導監督する立場にあった教授の身の上に、迷惑がふりかかっていくかも知れないことを考慮するならば、そのような好ましからぬことは、深く慎むべきであろうというのでした。

私は結局その忠告に服従しました。

私は、自分達より少しずれた時代の、若い人々が大変崇高で、勇壮な倫理を身につけており、とても自分達には及び難いものであることを知っておりました。そしてまた一面、非常に紋切型が多く、我々のとかく溺れやすい、情味といったものに対する扱いが冷たく、いわば肉のうすい感じがありました。

公的なものを意識した場合の感情は、このようであるべきもの、それと別の自分だけの世界は、こっそり人に隠れて住まうべきもの、と妙に悟り澄ましたような器用さがありました。

こんな少年が、と思われるような人まで、そんな器用さを身につけているのを見せつけられると、いいようのない悲しさに捉われるのでありました。

彼らの魂の深処《ふかど》には、寂寥があるのだ、かかる若者を夥しく作ってしまったのは誰だ。作意する必要はないんだ。こしらえ上げた美は壊される。あるがままの姿を、赤裸々に見せてやったらいい。そこから悲しむことも喜ぶことも、自分自分で感じとったらいいんだ。それが彼らの魂の寂寥を除いてやる手当だ。そんな仕事に手をつけたい。その道に不肖の身を捧げたい。

それが私のかつての日の念願でありました。


私達は、やがて敗戦の故国に帰国すべく、指定された集結地に、集合することになっていました。

在留邦人のみんなは、いずれも身辺の整理にせかれているようでありました。

私の世帯は一個のトランクと、他にあまり大きからぬ梱包二つ三つという簡単なものでありました。

荷造りの仕事を手伝っていただきたい、という女の人からの言伝てで、私は一日出かけて行きました。

いろいろのこまごまとした女の人の持物を、何か変な感じさえしながらまとめてやりました。

「もし先生とご一緒になれば、いつもこうしてお傍にいられるのですわね」

女の人は私の手もとを見つめながら、そんなことを考えていたとみえます。

荷物は私よりもずっと多く、やっとどうにかまとめたと思うと、出来たらこれも持って行きたい、あれも置いて行きたくない、というようなものが出てきて梱包の数は意外に多くなってしまいました。

昼頃から何となくせわしかった雲行きは、いつの間にか空一杯の渦となって、ひどく大粒の雨を、叩きつけるように降らせてまいりました。

地上の緑色の生き物達は、みんなぶるんぶるんと体をふるわせて、地表には溜り水が、ぐんぐんと氾濫していきました。

そろそろ帰る時刻に迫られていた私は、困ったものに思いました。

「本当にあいにくでございますわね」

女の人は窓べりに、椅子を持って行ってかけると、もたれるようにガラスに寄りかかって、じっと外を眺めました。

後ろから行ってそれを抱きすくめてやりたいような気持ちに駆られながらも、煮え切らないでそっと眺めている私でした。

「まぁ、あの雲。ちょっとご覧になって」

女の人がそう言うのを、いいきっかけに近寄って行きました。窓は大きくはなかったので、私も一緒に覗こうとして手をつくと、椅子にかけている女の人をすっかり懐に包み込むようなかたちになりました。

女の人の甘い果物のような匂いが、私の鼻を悲しくつきました。あの人の頬に、私の頬がそっと触れました。けれどもあの人は身じろぎませんでした。そして二人は、しばらくぴったりと頬をくっつけ合っておりましたが、急にむらむらと凶暴な気持ちに駆られてきて、私はいきなり彼女を抱きしめ、力一杯その唇に自分の唇を押しつけました。そしてしばらくは私に身をもたせて、半ばのけぞっている女の人を支えておりました。

背中に回されていた私の手は、ふと滑ったようにして、柔かな女の人の胸のふくらみに接触しました。ピクリと身を退くようにして、何か言おうとする相手を唇でぐっと圧迫して、口をつぐませてしまいました。

狂わしげに猛った私の手は、直接《じか》なものをひとえに求めて、どこをどうしたものか、いつかしっとりと指にまとわるような、皮膚の感触をもてあそんでおりました。乳房を包むように、きゅっと握り上げると、椅子の上のその人は、身もだえして体をくねらせました。

何か別なものの精が女の人をサッとかすめたかの如くにも見えました。

深い淵に投げ込まれたものが、しばらく時をおいて、ようやくに浮かび上が

って来るのに似て、再び己を取り戻したと見える女の人は、子供のするいやいやのように顔を左右にゆすぶると、

「離して――ねぇ離して――

私達の間に何も残さないで――」

その眼差しには懸命なものが含まれておりました。

「私達の間を、清いものであらせたいのです。あたしとても先生の奥さんにはなれそうに思えないのです。

私がたとえどんなに切なくお慕いしていても、やっぱり二人をひき離そうと構えている何かが見える思いがするのです。そして私が先生に対して、あんまり親しくするということは、先生の奥様におなりになる方に、いけないことでございますわ」

熱してくると、よく他の女の人のことを持ち出すこの人に、私は言いようの

ない腹立たしさを感じるのでした。

こんなにも純粋に捧げている私の愛情を、そんな風にしか受け取り得ないのかと思うと——それにしてもただ一すじに歩み通している、自分の姿を認めると、自分でそっといたわってやりたいほど、いとおしくなってくるのでした。

雨脚は容易に衰えそうにもありませんでした。私はつとドアをあけると、軒下に立って空を見上げました。雲行きはなお険しい速さを示しておりました。

折柄隣の建物から姿を現わした婆さんが、雨を見やる目をふと私にとめました。私が軽く会釈すると

「珍らしい雨でございますね」

と語りかけてきました。

「ええ、すっかり降りこめられて困っているところなんですが」

そんな言葉を交していると、女の人も覗くように顔を出してきました。

「えらいおしめりになりまして――」

婆さんに挨拶しました。

「ほんとうに――」

婆さんは二人を見並べるようにしました。

「お帰りになるって、上がるのを待ってらっしゃるんですけど、なかなかのようですわね――あいにく、傘がよそに行っていて、あたしのとこにはございませんもので」

言い訳のようにそう申しました。

「これはなかなか止みませんよ。

でもお困りでしたら家には傘空いてますから、よろしかったらお使い下さい」

「お願い出来ますかしら」

「ちっともご遠慮なく」

女の人は雨の下を潜るように、くねくねと走って行くと、隣の家から間もなく、黒く大きな洋傘をさげてまいりました。

足どめの態《てい》に振りこめた雨を、どこかでひそかに期待していた心へ、これはまた皮肉なはたらきを果たすこととなった人の好意でありました。

平生は人々からも遠ざけられがちの、どうも親しみにくい感じの婆さんでありましたが、妙に人なつっこさを滲み出させておりました。

敗戦、そして引揚げという厳粛な現実の前に、おのがこれまでの誤まれる垣をとり崩して、初めて運命共同感といったものに、今更の如く気づいたかのような一群の人々があるのでした。

私は傘を借りとると、やがて外に出て行きかけました。

「お気を悪くなさっては嫌――」

私の顔色を窺うようにした女の人は言いました。

「べつにそんな」

「だってあんまりさっさとお帰りになろうとなさるんですもの」

「でもまた家の中に入ったら出るのに苦しいから」

私はひかれる気持ちを、ふりほどくような思いで、雨の中へ出て行きました。

もう一度駆け戻りたい心をぐっと抑えながら、わざと水溜りでも何でもじゃぶじゃぶと踏んで。

街には結婚式が氾濫してきました。

方々の大きな飯店の門口には、何々家慶事といった意味の貼紙がべたべたとはられ、美しい衣装に体を包んだ若い人達が、いそいそと往き交うのが見られました。

何処で奏でるのか、夢幻的な奏楽の音が、風に乗って流れ続けました。

今まではたとえ結婚式があっても、前向きに祝うことが出来なかったのかしら、あるいは今日の来ることを期して、みんな祝礼をのばしていたのかしら。ともかく何年分かの春を、一ときに取り返したような賑わしさでありました。我々の国が、この民族の上に振舞った横暴を、わが事として詫びねばならぬ気持ちになると共に、同じく人の子に生を享けたものとして、彼らの喜びを共に祝ってやりたい気持ちでありました。

私は集結生活に備えて、こまごまとした日用品を買い揃えておく必要から、湧くようなさざめきの街へ入って行きました。そこは文字通り玩具箱をひっくり返したような騒々しさでありました。

物価の低落を見越して、屯積商人のさらえ出した夥しい商品と、在留邦人が、家財整理のために放出したごたごたした品物が、街路の両側に投げ出されて溢れておりました。

特に日本婦人のキモノが、白昼の往還に繰り広げられているのを見ては、誰しも衆人環視の中で、自らが裸にされた思いにさらされたのでありました。私は努めて感情を押し殺しながら、そんな混乱の中に歩を運んでおりました。奥地でのきびしい孤独の生活、C市での華やかな都会の生活、そしてP市へ来ての女の人とのめぐりあい、――私の頭の中にはそんなものが去来しておりました。

女の人に行き合ってからと、行き合うまでとの生活を思い比べてみると、なんと大きな隔たりがあるのでしょうか。

後の生活に比べると、それ以前の生活というものは、あたかもあの色彩のない、夢の中の灰色一色の世界でありました。あの人を知るようになってから、私は如何に多くの徳を、自分の身につけようと、努めたことでありましょうか。私の生き甲斐は、かかってあの人の上にあったのです。

あの人こそ、私を自分以上のものに引き上げてくれる、絶対最高の存在なのです。

それにはっきりと気がついた時、もし私があの人を見失った日には、極めて凡庸な普通の人間の水準にまでカラカラと転落してゆく自分を見なければならぬということを知りました。

眼の前の大地が突如として大きく裂け割れ、深い奈落の底に踏み外しそうな幻覚に襲われて、自分をなくしてしまいそうな不安に、いたたまらなくなった私は、どこをどう通ったものか、雑踏の街を突き抜けて、遮二無二あの人の家の門まで、たどりついているのを見出しました。

しばらくためらった後、歩を進めて門の環を鳴らしました。やがて門が細めにあけられて、見なれた門番の爺やが、そっと外を窺いました。そして訪問者が私であることを認めると、愛想の笑みを見せながら、あの人はもう今朝早く発って行ってしまった旨を告げました。

その時の情景を説明して、迎えにきたトラックにせかれて、慌しく発って行った有様は、本当にひっ立てられるようであったというのでした。

私はいつまでも爺やの話を聞いているよりも、もう一度あの部屋に行ってみたくって、その由を告げると、爺やは気軽く先に立って引き入れてくれました。

いろんなもののすっかり取り払われた部屋の中は、空洞のようにガランとしておりました。そして床はきれいに掃き清められておりました。早々の中にも、なおきちんと身じまいして、後を濁すまいとしたあの人の心遣いが、ゆかしく汲みとられるのでありました。

「何か書き残していった紙片でもあるのではなかろうか」

私はそんな期待をもって、部屋の隅々まで眺め回しました。しかしそれと覚しきものは見当たらず、唯一つ、窓際に置き忘れられたような一輪挿しがあり、そこに一本の白い晩香玉《わんしゃんゆい》が活けられておりました。

すっきりと青い一条の茎の先に、厚ぼったい純白の花弁を捧げたその一輪挿しの置物は、その部屋の野放図もない空間を、見事にきりりと一点に引き締めているのに気がつきました。

それは明らかに私に物を言いかけているのです。私はつかつかと歩み寄って、そっと鼻を近づけてみました。しかしまだ一向に匂いを放っていないのでした。私は時を待って、この花の託せられた言伝てを存分に聞いてやらなければなりません。

ふと気がついて入口の方を見ると、爺やは先程からずっとそこに佇んでいたものらしく、私と視線がぶつかった拍子に、泣き笑いのような表情を浮かべました。

暮れるに早い秋の陽は、殆んど西に傾いて、戸外の日差しはすっかり弱まっておりました。

しかしひそやかな宵闇の中に、晩香玉《わんしゃんゆい》がその息遣いを始めて、あの甘美な懐かしい匂いを、部屋一杯に漂わせてくるまでには、まだかなり間《ま》があるように見受けられました。

おわり

【著者紹介】
宇治谷　孟（うじたに　つとむ）
1918年京都府生まれ。1941年法政大学国漢科卒業。1943年早稲田大学文学部卒業。1952年立命館大学経済学部卒業。京都大学教育学部留学、国文学専攻。清風高校など高校教師を経て、滋賀文教短期大学教授、奈良芸術短期大学講師。
著書に『続日本紀　上・中・下』（全現代語訳・学術文庫）がある。1992年没。

晩香玉（わんしゃんゆい）

2000年5月1日　　初版第1刷発行

著　者　宇治谷《うじたに》　孟《つとむ》
発行者　瓜谷綱延
発行所　株式会社文芸社
〒112-0004　東京都文京区後楽2-23-12
電話　03-3814-1177（代表）
03-3814-2455（営業）
振替　00190-8-728265
印刷所　株式会社平河工業社

ISBN4-8355-0067-9　C0093